I0546633

8°X^{Lieu}
3657

DÉLIMITATION

DU FLAMAND ET DU FRANÇAIS

DANS LE NORD DE LA FRANCE

PAR E. DE COUSSEMAKER

Correspondant de l'Institut

Avec une carte coloriée par M. BOCAVE.

Extrait des Annales du Comité Flamand de France, tome III.

DUNKERQUE

Typographie Benjamin KIEN, rue Nationale, 22.

1857

8°X
3657

DÉLIMITATION

DU FLAMAND ET DU FRANÇAIS

DANS LE NORD DE LA FRANCE

PAR E. DE COUSSEMAKER

Correspondant de l'Institut

Avec une carte coloriée par M. BOCAVE.

Extrait des Annales du Comité Flamand de France, tome III.

DUNKERQUE

Typographie Benjamin KIEN, rue Nationale, 22.

—

1857

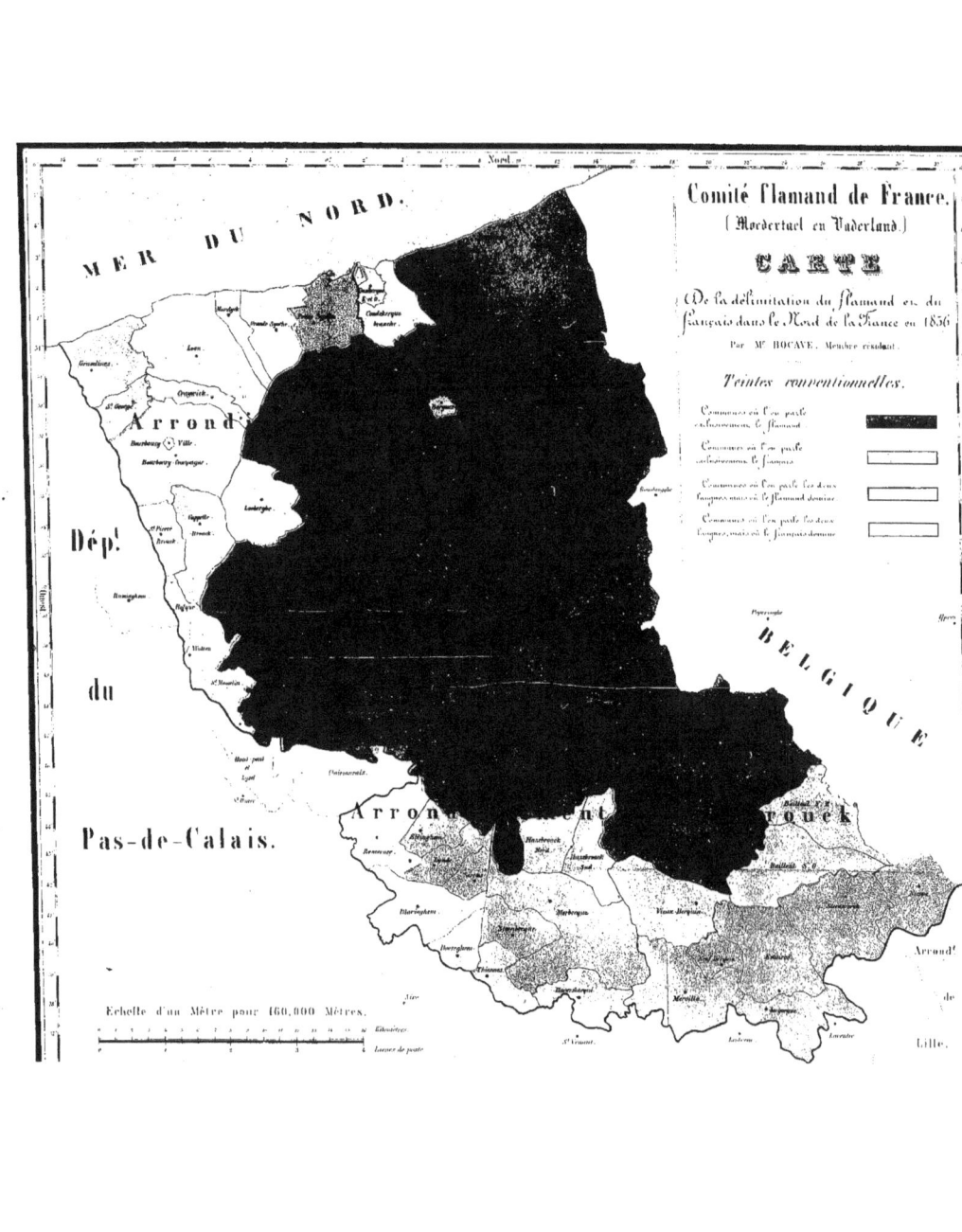

MER DU NORD.

Nord.

Comité flamand de France.
(Moedertael en Vaderland.)

CARTE

De la délimitation du flamand et du
français dans le Nord de la France en 1856

Par Mr. BOCAVE, Membre résidant.

Teintes conventionnelles.

Communes où l'on parle
exclusivement le flamand.

Communes où l'on parle
exclusivement le français.

Communes où l'on parle les deux
langues, mais où le flamand domine.

Communes où l'on parle les deux
langues, mais où le français domine.

Arrond.

Dép!

du

Pas-de-Calais.

BELGIQUE

Arron

Arrond.

de

Lille.

Echelle d'un Mètre pour 160,000 Mètres.

Lieues de poste.

DÉLIMITATION

DU FLAMAND ET DU FRANÇAIS DANS LE NORD DE LA FRANCE.

Tout le monde sait qu'à la suite des guerres entre la France et l'Espagne, sous Louis XIV, une portion de la Flandre Occidentale fut incorporée dans le domaine de la France et y reçut le nom de Flandre Flamingante. A la Révolution de 89, la Flandre Flamingante fut divisée en deux parts qui devinrent les arrondissements actuels de Dunkerque et d'Hazebrouck. Mais ce qui n'est pas aussi généralement connu, c'est que la langue flamande, qui était la langue maternelle du territoire conquis, est demeurée celle du pays, après son annexion à la France. Jusqu'à ce jour, ainsi que nous l'avons dit ailleurs (1), elle est restée debout et pleine de vigueur, malgré le contact incessant des habitants avec d'autres mœurs et un autre idiome, malgré ce qu'on a pu faire pour l'étouffer ou l'anéantir; malgré les ordonnances de Juin 1663 et Décembre 1664, corroborées par le décret du 2 Thermidor an II (2).

Cependant, il faut le dire, il s'est opéré certaines modifications, non dans l'intérieur du pays, non sur les frontières du Nord qui touchent à la Belgique, mais sur les limites méridionales dont les habitants sont en contact direct et journalier avec ceux du Pas-de-Calais pour leurs besoins commerciaux, industriels et agricoles.

(1) Annales du Comité Flamand de France, t. I, p. 1.
(2) Lettre de M. Carlier, ibid, p. 103.

En 1845, la commission historique du département du
Nord a jugé qu'il pouvait être utile, au point de vue de la
philologie, de l'histoire et de l'éthnographie, de constater par
une carte de délimitation, l'état de la langue flamande et
l'étendue qu'elle embrassait sur le territoire français. Cette
constatation a été faite sur des documents officiels fournis par
MM. les maires (1).

Le Comité Flamand de France, en raison tant de son insti-
tution que du temps qui s'est écoulé depuis cette constatation,
a pensé qu'il lui appartenait de faire un travail analogue
sur des bases qui lui ont paru les plus propres à obtenir un
résultat précis et certain. Dans des instructions relatives aux
dialectes flamands et à la délimitation du flamand et du
français dans le Nord de la France, insérées dans les Annales
du Comité, tome II, on a indiqué ces bases, en mani-
festant l'intention de dresser une carte topographique
d'après les renseignements qui seraient donnés. Ce projet
est aujourd'hui réalisé; la carte est exécutée. Le Comité la
doit au zèle et aux soins d'un de ses membres résidants, M.
Bocave, commandant d'artillerie à Dunkerque. Au moyen
de cette carte, annexée au présent travail, il sera facile d'em-
brasser d'un coup-d'œil l'ensemble de l'état actuel et res-
pectif des deux langues, flamande et française, dans le Nord
de la France; c'est-à-dire d'une part dans les arrondissements
de Dunkerque et d'Hazebrouck, qui forment aujourd'hui en
grande partie la portion de la Flandre incorporée dans le
territoire français par Louis XIV, ainsi qu'on l'a dit plus
haut, et de l'autre, dans la partie de l'Artois, aujourd'hui
département du Pas-de-Calais, où, dans un temps plus ou
moins éloigné de nous, la langue flamande était d'un usage
presque général, comme l'a très-bien démontré M. Cour-
tois, secrétaire adjoint de la Société des Antiquaires de
la Morinie, et membre du Comité, dans son remarquable

(1) Bulletin de la Commission historique du département du Nord, t. III
p. 51.

opuscule intitulé : *L'Ancien Idiome Audomarois, Saint-Omer*, 1856.

Pour arriver à une constatation uniforme, certaine et officielle en quelque sorte, une commission, nommée dans le sein du Comité et composée de MM. l'abbé Carnel, Derode et de Coussemaker, a rédigé un questionnaire qui, par l'entremise de Messieurs les Sous-Préfets de Dunkerque, d'Hazebrouck et de St-Omer, à qui nous nous empressons d'offrir ici l'expression des remerciments du Comité, a été envoyé aux curés, aux instituteurs et à la plupart des maires des communes des arrondissements de Dunkerque et d'Hazebrouck; et dans le département du Pas-de-Calais aux maires, aux curés et aux instituteurs des communes de Clairmarais, St-Folquin, Haut-Pont, Lysel, Ste-Mariekerque, Nouvelle-Eglise, Offekerque, St-Omer, St-Omer-Cappel, Oye, Rackenghem, Ruminghem, Vieille-Eglise et Wardrèque.

En 1845, la commission historique du département du Nord s'était contentée d'envoyer son Questionnaire aux maires seulement; cela nous a paru insuffisant. Le maire d'une commune est ordinairement choisi parmi les personnes les plus éclairées de la localité, cela n'est pas douteux; pourtant il est souvent bien moins à même que le curé et l'instituteur de constater tout ce qui peut servir de base à un travail comme celui dont il s'agit ici. Le curé et l'instituteur, qui sont journellement en rapport direct avec toutes les classes de la population de leur commune, peuvent donner des renseignements plus positifs et plus circonstanciés.

Voici le questionnaire qui a été envoyé :

Dans la commune de....

1° Parle-t-on exclusivement flamand? — 2° Parle-t-on exclusivement français? — 3° Parle-t-on les deux langues? — 4° Est-ce le flamand qui domine? — 5° Dans quelle proportion? — 6° Est-ce le français qui domine? — 7° Dans quelle proportion? — 8° Prêche-t-on exclusivement en flamand? — 9° Prêche-t-on exclusivement en français? — 10° Prêche-t-on dans les deux langues? — 11° Dans quelle proportion? — 12° Le catéchisme pour la première communion se fait-il en flamand? — 13° Le catéchisme pour la première communion se fait-il en français?— 14° Publie-t-on les bans de mariage en flamand? — 15° Les fidèles se servent-ils de livres de prières flamands? — 16° Est-ce le plus grand nombre? — 17° Est-ce le plus petit nombre? — 18° Lit-on des livres flamands? — 19° Lit-on les annales de la propagation de la foi en flamand? — 20° Dans quelle proportion avec les mêmes annales en français (1)?

Ce questionnaire a été conçu à un double point de vue : 1° les demandes ont été posées de telle façon que les réponses pouvaient se faire par *oui* ou par *non*; ce qui, en évitant l'embarras, l'équivoque, la contradiction ou la confusion, était en même temps de nature à donner de l'uniformité et de la simplicité aux réponses; 2° les questions ont été combinées de manière que les réponses faites aux demandes secondaires devaient servir à contrôler, à préciser et à corroborer la question dominante, celle qui consiste à savoir dans quelle proportion le flamand est parlé dans chaque commune. Par exemple : lorsqu'il a été répondu que, dans telle commune, on parle flamand et français, le flamand prédominant dans une proportion déterminée, et qu'il y est ajouté que, dans cette même commune, on prêche exclusivement en flamand, que les instructions religieuses pour la première communion et les publications au prône s'y font aussi exclusivement en flamand; qu'en outre le plus grand nombre de ses habitants se servent de livres de prières flamands, on peut dire avec une sorte de certitude que cette commune est exclusivement flamande. C'est ainsi que nous avons procédé dans la rédaction du tableau qui est donné plus loin; c'est ainsi également qu'a procédé M. Bocave dans l'établissement de sa carte coloriée.

Mais dans l'un comme dans l'autre de ces documents, il a

(1) Ce questionnaire était terminé par quelques demandes plus particulièrement relatives aux dialectes flamands, qui feront l'objet d'un travail spécial destiné à être publié dans un des prochains volumes des Annales.

fallu s'en tenir aux résultats généraux, laissant de côté les accessoires de peu d'importance. Il eût été en effet impossible de marquer par des teintes graduées les proportions minimes pour lesquelles l'élément français entre dans certaines communes. L'auteur de la carte, pour rester dans des mesures praticables et même pour éviter la confusion, a donné une teinte uniforme à chacune des communes, selon celle des quatre catégories à laquelle elles appartiennent; il a fait abstraction des nuances modificatives, abandonnant à l'auteur du présent écrit le soin d'indiquer ces nuances. De toute façon d'ailleurs, ce genre de travail n'est pas susceptible d'une exactitude rigoureuse et mathématique. Malgré les précautions prises à cet égard, toutes les réponses ne sont ni assez précises ni assez catégoriques. Il en est qu'il a fallu parfois interpréter; d'autres même à l'insuffisance desquelles on a dû suppléer par une évaluation dont les bases ont été puisées à d'autres sources. Mais, dans ces cas exceptionnels, on a consulté les membres du Comité qui étaient le mieux à même de donner des renseignements exacts.

Les réponses faites au questionnaire s'élèvent à deux cent deux. Elles se répartissent ainsi : quatre-vingt-dix-neuf émanent de l'arrondissement de Dunkerque; quatre-vingt-onze de l'arrondissement d'Hazebrouck; seize de l'arrondissement de St-Omer.

Il s'agissait de donner un résumé de ces documents. Le mode le plus clair et le plus précis nous a paru consister en la formation d'un tableau synoptique, comprenant la plupart des demandes formulées dans le questionnaire. Ce tableau énonce le résultat par commune, par canton, par arrondissement, et se termine par un résumé général.

Voici ce tableau :

Arrondissements	Cantons	Communes	Où l'on parle				Où les serm. se font		moins dans les deux langues	Où les instructions pour la 1re communion se font			Où les publications au prône se font		Où les livres de prières sont		
			exclusivement		les deux langues		exclusivement en			exclusivement en		dans les deux langues	en	en	le plus grand nombre en		exclusivement
			Flamand	Français	le Flamand dominant	le Français dominant	Flamand	Français		Flamand	Français		Flamand	Français	Flamand	Français	Français
Dunkerque	Bergues	Armboutscappel	1	.	1	.	1	.	.	1	.	.	1	.	1	.	.
		Bergues	1	.	.	.	1	.	.	1	.	.	1	.	1	.	.
		Bierne	1	.	.	.	1	.	.	1	.	.	1	.	1	.	.
		Bissazeele	1	.	.	.	1	.	.	1	.	.	1	.	1	.	.
		Crochte	1	.	.	.	1	.	.	1	.	.	1	.	1	.	.
		Eringhem	1	.	.	.	1	.	.	1	.	.	1	.	1	.	.
		Hoymille	1	.	1	.	1	.	.	1	.	.	1	.	1	.	.
		Pitgam	1	.	.	.	1	.	1	.	1	.	.	1	.	1	.
		Quaedypre	1	.	.	.	1	.	.	1	.	.	1	.	1	.	.
		Socx	1	.	.	.	1	.	.	1	.	.	1	.	1	.	.
		Steene	1	.	.	.	1	.	.	1	.	.	1	.	1	.	.
		Westcappel	1	.	.	.	1	.	.	1	.	.	1	.	1	.	.
		Wylder	1	.	.	.	1	.	.	1	.	.	1	.	1	.	.
		Total	11	.	2	.	10	.	3	10	.	3	13	.	12	.	.
	Bourbourg	Bourbourg-Ville	.	.	.	1	.	1	.	.	1	.	.	1	.	1	.
		Bourbourg-Campagne	.	.	.	1	.	1	.	.	1	.	.	1	.	1	.
		Brouckerque	1	.	1	.	1	.	.	1	.	.	1	.	1	.	.
		Coppellebrouck	.	.	.	1	.	1	.	.	1	.	.	1	.	1	.
		Drincham	1	.	.	.	1	.	.	1	.	.	1	.	1	.	.
		Holcque	.	.	.	1	.	1	.	.	1	.	.	1	.	.	1
		Looberghe	1	.	.	.	1	.	.	1	.	.	1	.	1	.	.
		Millam	1	.	.	.	1	.	.	1	.	.	1	.	1	.	.
		Saint-Pierrebrouck	.	.	.	1	.	1	.	.	1	.	.	1	.	.	1
		Spycker	1	.	.	.	1	.	.	1	.	.	1	.	1	.	.
		Watten	.	.	.	1	.	1	.	.	1	.	.	1	.	.	1
		Wulverdinghe	1	.	.	1	.	.	.	1	.	.	1	.	1	.	.
		Total	5	.	2	6	7	6	.	5	6	2	7	6	7	2	4
	Dunkerque-Est	Coudekerque	1	.	.	.	1	.	.	.	1	.	1	.	1	.	.
		Coudekerque-Branche	.	.	1	.	.	1	.	1	.	1	.	1	.	.	1
		Dunkerque-Est	.	.	1	.	.	1	.	1	.	.	1	.	.	.	1
		Leffrinckoucke	1	.	.	.	1	.	.	1	.	1	.	1	.	1	.
		Uxem	1	.	.	.	1	.	.	1	.	.	1	.	1	.	.
		Zuydcoote	1	.	.	.	1	.	.	1	.	.	1	.	1	.	.
		Total	5	.	.	2	5	2	.	4	2	1	5	2	4	.	3

| Arrondissements | Cantons | Communes | Où l'on parle | | | | Où les ser... se font | | ...mons | Où les instructions pour la 1re communion se font | | | Où les publications au prône se font | | Où les livres de prières sont | | |
| | | | exclusivement | | les deux langues | | exclusivement en | | dans les deux langues | exclusivement en | | dans les deux langues | en | en | le plus grand nombre en | | exclusivement |
			Flamand	Français	le Flamand dominant	le Français dominant	Flamand	Français		Flamand	Français		Flamand	Français	Flamand	Français	Français
Dunkerque	Dunkerque	Cappelle	1	.	.	.	1	.	.	1	.	.	.	1	.	1	.	.
		Dunkerque-Ouest	.	.	.	1	.	1	.	.	1	.	.	.	1	.	1	.
		Mardyck	.	.	.	1	.	1	.	.	1	.	.	.	1	.	1	.
		Grande-Synthe	.	.	1	.	.	1	.	.	.	1	.	.	1	.	1	.
		Petite-Synthe	.	.	1	.	.	1	1	.	.	1	.	.	1	.	1	.
		TOTAL	1	.	1	3	1	3	1	1	3	1	1	4	1	4	.
	Gravelines	Craywick	.	1	.	.	.	1	.	.	1	.	.	1	.	1	.
		St-Georges	.	1	.	.	.	1	.	.	1	.	.	1	.	1	.
		Gravelines	.	1	.	.	.	1	.	.	1	.	.	1	.	.	1
		Loon	.	1	.	.	.	1	.	.	1	.	.	1	.	.	1
		TOTAL	.	2	.	.	.	4	.	.	4	.	.	4	.	2	2
Dunkerque	Hondschoote	Bambèque	1	.	.	.	1	.	.	1	.	.	1	.	1	.	.
		Ghyvelde	1	.	.	.	1	.	.	1	.	.	1	.	1	.	.
		Hondschoote	1	.	.	.	1	.	.	1	.	.	1	.	1	.	.
		Killem	1	.	.	.	1	.	.	1	.	.	1	.	1	.	.
		Hoëtre	1	.	.	.	1	.	.	1	.	.	1	.	1	.	.
		Oostcappel	1	.	.	.	1	.	.	1	.	.	1	.	1	.	.
		Rexpoëde	1	.	.	.	1	.	.	1	.	.	1	.	1	.	.
		Warhem	1	.	.	.	1	.	.	1	.	.	1	.	1	.	.
		TOTAL	8	.	.	.	8	.	.	8	.	.	8	.	8	.	.
	Wormhout	Bollezeele	1	.	.	.	1	.	1	.	.	1	.	1	.	.	.
		Broxerie	1	.	.	.	1	.	.	1	.	.	1	.	1	.	.
		Eleisbèque	1	.	.	.	1	.	1	.	.	1	.	1	.	.	.
		Herzeele	1	.	.	.	1	.	1	.	.	1	.	1	.	.	.
		Lederzeele	1	.	.	.	1	.	.	1	.	.	1	.	1	.	.
		Ledringhem	1	.	.	.	1	.	.	1	.	.	1	.	1	.	.
		Merckeghem	1	.	.	.	1	.	.	1	.	.	1	.	1	.	.
		Volkerinckhove	1	.	.	.	1	.	.	1	.	.	1	.	1	.	.
		Wormhout	1	.	.	.	1	.	.	1	.	.	1	.	1	.	.
		Zegerscappel	1	.	.	.	1	.	.	1	.	.	1	.	.	1	.
		TOTAL	10	.	.	.	8	.	2	9	.	1	10	.	9	1	.

Arrondissements	Cantons	Communes	Où l'on parle — excl. Flamand	excl. Français	deux langues, le Flamand dominant	deux langues, le Français dominant	Où les ser. se font — excl. Flamand	excl. Français	Instr. 1re comm. — dans les deux langues	excl. Flamand	excl. Français	dans les deux langues	Publications au prône — en Flamand	en Français	Livres de prières — plus grand nombre Flamand	plus grand nombre Français	excl. Français
Hazebrouck	Bailleul-N.-E.	Bailleul-Nord-Est	1				1			1			1		1		
		St-Jean-Cappel			1				1			1	1		1		
		Nieppe		1				1			1			1			1
		Steenwerck		1				1			1			1			1
		Total	**1**	**2**	**1**		**1**	**2**	**1**	**1**	**2**	**1**	**2**	**2**	**2**		**2**
	Bailleul-S.-O.	Bailleul-Sud-Ouest	1		1		1		1				1		1		
		Berthen	1				1			1			1		1		
		Flêtre	1				1			1			1		1		
		Merris	1							1			1		1		
		Meteren			1		1					1	1		1		
		Vieux-Berquin			1			1	1			1		1			1
		Total	**4**		**2**		**3**	**1**	**2**	**3**		**2**	**5**	**1**	**5**		**1**
Hazebrouck	Cassel	Arnèke	1				1			1			1		1		
		Bavinchove	1				1			1			1		1		
		Buyscheure	1				1			1			1		1		
		Cassel	1				1		1	1			1		1		
		Hardifort			1					1			1		1		
		Ste-Marie-Cappel	1				1			1			1		1		
		Noordpeene	1				1			1			1		1		
		Ochtezeele	1				1			1			1		1		
		Oxelaere	1				1			1			1		1		
		Rubrouck	1				1			1			1			1	
		Wemaers-Cappel	1				1			1			1		1		
		Zermezeele	1				1			1			1		1		
		Zuydpeene	1				1			1			1		1		
		Total	**12**		**1**		**12**		**1**	**13**	**0**		**13**		**12**	**1**	
Hazebrouck	Hazeb.-Nord	Blaringhem		1				1			1			1			1
		Caestre	1				1			1			1		1		
		Ebblinghem			1		1		1	1			1		1		
		Hazebrouck-Nord	1			1	1		1	1		1	1		1		
		Hondeghem			1					1			1		1		
		Lynde			1								1		1		
		À reporter	**2**		**3**	**1**	**3**	**1**	**2**	**4**	**1**	**1**	**5**	**1**	**5**		**1**

Arrondissements	Cantons	Communes	Où l'on parle — exclusivement — Flamand	Où l'on parle — exclusivement — Français	Où l'on parle — les deux langues — le Flamand dominant	Où l'on parle — les deux langues — le Français dominant	Où les sermons se font — exclusivement en — Flamand	Où les sermons — exclusivement en — Français	Où les sermons — dans les deux langues	Où les instructions pour la 1re communion — exclusivement en — Flamand	Où les instructions — exclusivement en — Français	Où les instructions — dans les deux langues	Où les publications au prône — en Flamand	Où les publications au prône — en Français	Où les livres de prières — le plus grand nombre en — Flamand	Où les livres de prières — le plus grand nombre en — Français	Où les livres de prières — exclusivement — Français
Hazebrouck	Hazeb-Nord	Report	2	.	3	1	3	1	2	4	1	.	5	1	5	.	1
		Renescure	.	.	1	.	.	1	.	.	1	.	.	1	.	.	1
		Sercus	.	.	1	.	.	1	.	1	.	.	1	.	1	.	.
		Staple	1	.	.	.	1	.	.	1	.	.	1	.	1	.	.
		Waloncappelle	1	.	.	.	1	.	.	1	.	.	1	.	1	.	.
		TOTAL	4	.	4	2	5	2	3	6	2	2	8	2	6	.	2
	Hazebrouck-Sud	Boeseghem	.	.	.	1	.	1	.	.	1	.	1	.	.	1	.
		Borre	1	.	.	.	1	.	.	1	.	.	1	.	1	.	.
		Hazebrouck-Sud	.	.	1	.	.	1	.	.	.	1	1	.	1	.	.
		Merbeke	1	.	.	1	1	.	.	1	.	.	1	.	1	.	.
		Pradelles	.	.	1	.	1	.	.	1	.	.	1	.	1	.	.
		Steenbeke	.	.	1	.	.	.	1	1	.	.	1	.	1	.	.
		Strazeele	1	.	.	.	1	.	.	1	.	.	1	.	1	.	.
		Thieunes	.	1	.	1	.	1	1	.	.	1	.	1	.	.	1
		TOTAL	3	1	3	1	4	2	2	4	2	2	7	1	6	1	1
	Merville	Estaires	.	1	.	.	.	1	.	.	1	.	.	1	.	.	1
		Haverskerque	.	1	.	.	.	1	.	.	1	.	.	1	.	.	1
		La Gorgue	.	1	.	.	.	1	.	.	1	.	.	1	.	.	1
		Merville	.	1	.	.	.	1	.	.	1	.	.	1	.	.	1
		Neufberquin	.	1	.	.	.	1	.	.	1	.	.	1	.	.	1
		TOTAL	.	5	.	.	.	5	.	.	5	.	.	5	.	.	5
	Steenvoorde	Boeschepe	1	.	.	.	1	.	.	1	.	.	1	.	1	.	.
		Eecke	1	.	.	.	1	.	.	1	.	.	1	.	1	.	.
		Godsvelde	1	.	.	.	1	.	.	1	.	.	1	.	1	.	.
		Houtkerque	1	.	.	.	1	.	.	1	.	.	1	.	1	.	.
		Oudezeele	1	.	.	.	1	.	.	1	.	.	1	.	1	.	.
		Steenvoorde	1	.	.	.	1	.	.	1	.	.	1	.	1	.	.
		St-Silvestre-Cappel	1	.	.	.	1	.	.	1	.	.	1	.	1	.	.
		Tordeghem	1	.	.	.	1	.	.	1	.	.	1	.	1	.	.
		Winnezeele	1	.	.	.	1	.	.	1	.	.	1	.	1	.	.
		TOTAL	9	.	.	.	9	.	.	9	.	.	9	.	9	.	.

Arrondissements	Cantons	Communes	Où l'on parle				Où les sermons se font			Où les instructions pour la 1re communion se font			Où les publications au prône se font		Où les livres de prières sont		
			exclusivement		les deux langues		exclusivement en		dans les deux langues	exclusivement en		dans les deux langues	en	en	le plus grand nombre en		exclusivement
			Flamand	Français	le Flamand dominant	le Français dominant	Flamand	Français		Flamand	Français		Flamand	Français	Flamand	Français	Français
St-Omer	St-Omer	Clairmarais	.	.	1	1	.	.	1	.	1	.	.	1	.	1	1
		Haut-Pont	.	.	.	1	.	1	.	.	1	.	.	1	.	.	1
		Lysel	.	.	1	.	1	.	.	.	.	1	.	1	.	.	.
		Reminghem	.	.	.	1	.	1	.	.	1	.	.	1	.	2	.
		Total	.	.	2	2	.	1	3	.	3	1	.	3	.	2	2
Dunkerque		Bergues	11	.	.	2	6	.	1	10	.	3	.	13	.	11	1	4
		Bourbourg	5	.	2	.	7	.	.	6	.	1	.	7	.	7	2	.
		Dunkerque-Est	5	.	1	.	5	2	.	4	2	2	.	5	.	4	3	.
		Dunkerque-Ouest	1	2	.	.	1	3	.	1	3	1	.	4	.	1	4	2
		Gravelines	.	.	.	2	.	4	1	.	4	.	1	.	.	.	.	.
		Hondschoote	8	.	.	.	8	.	.	8	.	.	.	8	.	8	.	.
		Wormhout	10	.	.	.	8	.	2	9	.	1	.	10	.	9	1	.
		Total des cantons de Dunkerque	40	2	5	13	41	15	4	37	15	8	.	44	16	41	13	6
Hazebrouck		Bailleul-Nord-Est	1	2	1	.	4	2	1	1	2	1	.	2	.	2	.	2
		Bailleul-Sud-Ouest	4	.	2	.	5	1	3	1	1	2	.	5	1	5	.	1
		Cassel	12	.	4	.	12	5	1	13	5	2	.	13	.	13	.	2
		Hazebrouck-Nord	4	.	3	1	4	2	5	6	2	2	.	8	.	8	1	1
		Hazebrouck-Sud	3	1	.	.	4	5	2	4	3	2	.	7	1	6	1	5
		Merville	.	5	.	.	.	.	.	.	.	.	.	.	5	.	.	.
		Steenvoorde	9	.	.	.	9	.	.	9	.	.	.	9	.	9	.	.
		Total des cantons d'Hazebrouck	33	8	11	3	34	12	9	36	12	7	.	44	11	42	2	11
Résumé par arrond.		Dunkerque	40	2	5	13	41	15	4	37	15	8	.	44	16	41	13	6
		Hazebrouck	33	8	11	3	34	12	9	36	12	7	.	44	11	42	2	11
		Pas-de-Calais	.	.	2	2	.	1	3	.	3	1	.	3	.	.	2	2
		Total	73	10	18	18	75	28	16	73	30	16	.	88	30	83	17	19

R. F. [library stamp: BIBLIOTHÈQUE NATIONALE]

Nous avons dit plus haut qu'il a été impossible, dans la carte et dans le tableau qui précèdent, de tenir compte des proportions minimes pour lesquelles l'élément français entre dans telle ou telle commune. Il a fallu cependant s'arrêter à un degré quelconque, et déterminer la fraction à négliger. On a pensé que la limite pouvait être fixée à un dixième, sauf à indiquer ici les proportions pour chaque commune; ce que nous allons faire. Ainsi, dans l'arrondissement de Dunkerque, on compte onze communes où moins d'un dixième et plus d'un vingtième de la population parlent français, ce sont: Bierne, Brouckerque, Bollezeele, Coudekerque, Eringhem, Hoymille, Lederzeele, Rexpoede, Socx, Spycker et Steene. Il en est sept où soit un vingtième, soit moins d'un vingtième seulement des habitants parlent français; ce sont : Drincham, Ekelsbeque, Oostcappel, Pitgam, Quadypre, Watten et Wormhout. Dans l'arrondissement d'Hazebrouck, il y a cinq communes, savoir : Berthen, Oxelaere, Pradelles, Staple et Zuydpeene, où moins d'un dixième et plus d'un vingtième des habitants parlent la langue française. On en compte quatre, savoir : Cassel, Merris, Méteren et Rubrouck où la proportion est inférieure à un vingtième.

Dans les communes où l'on prêche dans les deux langues, ce n'est pas non plus partout dans des proportions égales. On prêche alternativement en français et en flamand à Bailleul, à Bergues, à Hoymille, à Petit-Synthe et à Pradelles. A Cassel, à Hazebrouck et à Lysel, on prêche en flamand deux fois sur trois ; à Lynde, quatre fois sur cinq; à Lederzeele et à Steenbèque, trois fois sur quatre; à Sercus, neuf fois sur dix; au Haut-Pont, une fois sur trois.

Là où les instructions pour la première communion se font dans les deux langues, c'est, par rapport aux enfants, dans les proportions suivantes : à Bailleul, Bergues, Hoymille, Petite-Synthe, Pitgam, Sercus, Steenbeque, Wulverdinghe et Zuydcoote, il y a proportion égale. A Merris, les quatre cinquièmes, à Spycker, les trois quarts, à Lederzeele, les deux tiers des enfants font leur première communion en flamand.

L'examen de la carte révèle aussi certains faits qu'il nous paraît intéressant de signaler : 1° toutes les communes longeant la frontière belge, à partir de Ghyvelde jusqu'à Bailleul, sont exclusivement flamandes ; 2° toutes les communes, au contraire, qui sont en communication directe avec la partie méridionale du département du Nord ou avec le département du Pas-de-Calais, sont des localités où le français règne seul; comme du côté de la mer, Gravelines et St-Georges, et du côté opposé, Thiennes, Haverskerque, Merville, Neufberquin, Estaires, la Gorgue, Steenwerck et Nieppe, ou bien des communes où l'on parle les deux langues, mais avec prédominance du français ; comme Bourbourg, Saint-Pierrebrouck, Ruminghem, Holque, Watten, Saint-Momelin, le Haut-Pont, Lysel, Clairmarais, Renescure, Blaringhem et Boeseghem ; 3° les communes d'Ebblinghem, Lynde, Sercus, Hazebrouck, Morbeke, Steenbeque, Vieux-Berquin et Bailleul, où l'on parle les deux langues, avec prédominance du flamand, servent d'intermédiaire entre les communes exclusivement flamandes et les communes exclusivement françaises. Il en résulte que le groupe des communes où le flamand règne seul se trouve bordé de tous côtés par des communes où les deux langues sont cultivées et qui servent ainsi de transition entre les deux extrêmes. Cet état de choses nous semble favorable au maintien actuel des choses.

En rédigeant le questionnaire, on avait pensé qu'un des modes de constater la prédominance du flamand ou du français dans une commune aurait pu s'induire de la lecture des *Annales de la propagation de la foi* dans l'une ou l'autre langue. Mais il a fallu renoncer à ce mode de constatation, par la raison que, dans un grand nombre de communes, dans celles mêmes où le flamand est exclusivement en usage, les *Annales* flamandes sont repoussées à cause de leur traduction, peu ou point compréhensible pour les habitants de notre Flandre. Ce motif se trouve consigné dans plusieurs réponses faites en regard de la dix-neuxième question. C'est le cas de répéter ici ce que nous avons dit ailleurs (1), à savoir que les Flamands de France qui lisent et comprennent très-bien les auteurs belges et hollandais des XVIIe et XVIIIe siècles, ont la plus grande peine à comprendre les livres modernes édités en Belgique. Cela provient de ce que la langue flamande est restée stationnaire dans notre Flandre, tandis que, en Belgique, depuis environ un demi-siècle, elle a fait un pas vers le hollandais, qui lui-même s'est quelquefois rapproché de l'allemand. Nous admettons volontiers que le flamand et le hollandais ne sont pas deux langues distinctes, qu'ils ne forment au contraire qu'une seule et même langue; mais on n'en est pas moins arrivé à cette situation qu'une portion de Flamands, surtout ceux qui n'ont pas été à même de suivre la marche de la langue, comprennent difficilement les ouvrages composés dans le style moderne des Belges. Quant à nous, Flamands de France, nous sommes, comparativement aux Belges et aux Hollandais, ce que sont les Saxons comparativement aux Prussiens et aux Autrichiens ; les Saxons parlent *plat-deutsch*, et les Flamands de France parlent *plat-vlaemsch* (2).

A côté des réponses faites aux questions 15, 16 et 17, relatives à l'usage des livres de prières, nous trouvons deux observations qui méritent d'être mentionnées. On y fait remarquer: 1° que dans les localités où l'on se sert de livres, partie flamands, partie français, ce sont les personnes âgées qui font principalement usage des premiers, et les jeunes gens, des seconds; 2° que la plupart de ceux qui se servent de livres français ne les comprennent pas. Dans quelques communes, on attribue la préférence donnée aux livres français à la difficulté de se procurer des livres flamands, et de se les procurer surtout au prix des livres français.

L'examen de notre tableau et l'inspection de la carte démon-

(1) Chants populaires des Flamands de France. Introduction, p. XXII.
(2) Ibid.

trent que, si le flamand a une tendance à se retirer devant la langue française, cette marche est très-lente. Il n'en est pas de même de l'état littéraire de la langue ; sous ce rapport il y a décadence complète en quelque sorte. Il ne s'agit pas ici d'un état littéraire avancé ; nous voulons parler seulement de l'instruction élémentaire. On peut dire que la génération actuelle, celle qui fréquente les écoles, est dépourvue, presque totalement, d'instruction flamande. Cela provient de ce que, depuis quelques années, il n'est plus permis aux instituteurs, même aux instituteurs libres, d'enseigner le flamand. Cet état de choses est très-fâcheux à divers points de vue. Le Comité Flamand de France en a signalé les inconvénients (1). Qu'il nous soit permis d'appeler l'attention sur un des points qui nous paraît des plus importants. Du train dont marchent les choses, on est à la veille de voir se produire cette situation que, dans un temps donné et rapproché de nous, il ne se trouvera plus un notaire ni un homme d'affaires capable de lire ou de déchiffrer les papiers ou titres qui, dans toutes les familles du pays, sont exclusivement en flamand. Qu'arrivera-t-il de là ? Qu'il faudra s'adresser à des traducteurs belges ou hollandais. Ne sera-ce pas une honte pour nos descendants de devoir recourir à des interprètes pour des actes où il s'agit des intérêts les plus graves et les plus précieux, ceux qui se rattachent aux droits de propriété et à l'existence des familles ?

Il serait si facile cependant de parer à un inconvénient aussi sérieux, en établissant dans nos écoles et dans nos colléges, à côté des cours d'anglais, d'italien et d'allemand, un cours de flamand. Certes, il serait au moins aussi utile aux habitants de notre pays de pouvoir lire et comprendre des titres intéressant les affaires de leur famille que de lire et d'interpréter Schakspeare, le Tasse ou Schiller. Mais disons plus : loin de nuire à l'interprétation des langues étrangères, le flamand est le véhicule le plus facile et le plus sûr pour

(1) Annales du Comité Flamand de France.

apprendre l'anglais et toutes les langues du Nord. Jusqu'à présent on ne s'est guère aperçu du danger dont on est menacé; mais qu'on y prenne attention, on est sur le point de voir se produire l'état de choses que nous venons de signaler.

En comparant le résultat constaté par la Commission historique du département du Nord, en 1845, à celui que nous venons de faire connaître, on voit qu'à part quelques légères différences, qui peuvent être attribuées à des renseignements plus ou moins exacts ou précis, il ne s'est guère opéré de modifications essentielles dans le groupe de communes teintées en vert foncé sur notre carte. Les changements qui se manifestent ont eu lieu dans les communes du Pas-de-Calais et dans quelques-unes du département du Nord qui longent la ligne séparative du département du Nord et du Pas-de-Calais. Ainsi, dans la carte de la Commission historique, les communes du Pas-de-Calais situées entre Gravelines, Offekerque, Noordkerque, Zuydkerque et St-Omer, savoir: Clairmarais, St-Folquin, le Haut-Pont, St-Omer-Cappelle, Oye, Ruminghem et Vieille-Eglise, étaient, en 1845, des communes où l'on parlait encore flamand, tandis qu'aujourd'hui le flamand n'est en usage que dans les communes de Ruminghem, le Haut-Pont, Lysel et Clairmarais seulement, et cela dans une proportion plus ou moins faible. Sur la carte de 1845, les communes de Morbèque et Steenbèque sont indiquées comme exclusivement flamandes ; aujourd'hui elles doivent être rangées parmi les communes où les deux langues sont parlées, mais où le flamand domine.

Tel est le résultat des documents qui ont été rassemblés par le Comité. Nous pensons qu'un jour ils seront utiles aux philologues et aux historiens. Ils pourront aujourd'hui même ne pas être sans intérêt pour ceux qui s'occupent d'études statistiques, soit au point de vue administratif, soit au point de vue ethnographique.

Faisons remarquer, en terminant, que notre travail est un travail d'actualité. Il n'entrait pas et il ne pouvait entrer dans notre plan de traiter les questions historiques qui peuvent s'y rattacher et qui consistent particulièrement à savoir par qui et à quelle époque le flamand a été importé dans notre pays, jusqu'où se sont étendues ses limites, de quelle manière il s'est retiré des localités où il était en pleine vigueur au XIIe siècle, etc. Toutes ces questions des plus intéressantes seront traitées, il faut l'espérer, dans le sein du Comité. Nous faisons des vœux pour que ce soit le plus tôt possible.

Dunkerque.—Typographie Benjamin Kien.

www.ingramcontent.com/pod-product-compliance
Lightning Source LLC
Chambersburg PA
CBHW061735180626
46818CB00006B/2637